AF497999

PASQVIN
OV
COQ-A-L'ASNE
DE COVR.

M. DC. XVI.

COQ-A-L'ASNE DE COVR,

Vn Dieu feint par foudre m'eſtonne
  l'ame.   Vn Roy cault par doublons
m'esblouyt les yeux.
    Et vn Duc contrefait,
    Par ſa propre alliance,
    Me rauit de la France,
    Et au tumbeau me met.

Ardieu c'eſt dequoy ie me ris,
  A propos des gens de Cocaigne,
Voila ceſte grande montagne
Qui n'enfanta qu'vne ſouris.
Or ſus courage fauoris,
Les armes craignent les quenouilles :
Le criaillement des grenouilles
N'eſtonne guere Iuppiter :
C'eſt follement ſe deſpiter
Quand l'on ne ſçait à quoy l'on ſonge,
A ſottes gens de ſots menſonge,
A beau faillir beau repentir :
Deſormais l'on peut bien mentir
Auant que ie croye vn miracle,
La verité n'a plus d'oracle,
Ny la Royne n'a plus d'argent :
Quiconque yeut eſtre Regent

Ne doibt pas faire telle mine :
La France est pleine de vermine
Qui ne demande qu'à ronger :
Ma foy le pretexte est leger,
Pour reuenir à la marmitte,
I'en voy qui ne vallent vne pitte,
L'histoire en parlera vn iour :
La Cour est vn diuin séjour :
Mais pour s'y rendre redoutable
Il y faut tenir bonne table,
Afin d'auoir beaucoup d'amis :
Pleust à Dieu qu'il me fust permis
De chanter tout ce que ie pense :
Ceux qui font l'amour sans dispense
Scaurons bien à quoy s'en tenir :
Si le coyon peut reuenir
Gueridon luy fera la guerre,
C'est le seul homme sur la terre
Qui puisse parler librement :
Mais aussi quel gouuernement
Voyons-nous dans la pauure France ?
Sa Noblesse tumbe en souffrance,
Et le menu peuple en douleur :
Ma foy ie preuoy du malheur
A ceux à qui la fortune hausse :
Ie crains que monsieur Chy en chausse
Ne rende vn iour à qui il a pris

Le cruel enfant de Cypris,
Cause souuent de grand desastre,
Et neantmoins ie voy les astres,
Lesquelles demandent Mauregard :
Les mal contens n'ont point d'esgard
A ceux du conseil d'Hyberie :
Car nonobstant leur piperie
Ils veulent estre triomphans :
Reigne de femme & d'enfans
N'engendra que chose sinistre :
Et Dieu veuille que nos ministres
Ne braffent point de trahison :
S'ils ont tort ie n'ay pas raison :
Mais pour bien pescher en eau trouble
L'on ïouë le simple & le double,
Dont tell' se verra pris sans vert,
Qui tient son mistere couuert,
Comme redoutant la censure :
Pourtant l'Almanach nous asseure
De bien plus de bruit que d'effect :
Ie ne scay que diable on a fait
A ses esprits remplis de larmes,
Qui sans subject ont pris les armes,
Pour ne combattre que du vent :
Ie plus fin n'est pas trop scauant,
Ie n'ose dire d'auantage,
L'on dresse bien d'autre potage

A ces discordans pretendus,
Leurs desseins seront confondus,
Ou nous mangerons de finance,
Mauuais ieu bonne contenance,
Et au surplus garde la fin
Que sert de tant faire le fin
Quand on a que des artifices :
C'est vn malheur que les offices
Se vendent à si grand prix :
Cela est cause du mespris.
Qu'on fait de la pauure Noblesse :
Chacun sçait où le bas le blesse :
Si l'on n'a dequoy le financer,
Le Roy ne peut recompenser,
Quoy qu'on se peine & qu'on volette :
Ne puisse pas voir la Pollette,
Reduit l'estat de Chancelier ?
N'est-ce pas vn traict d'escollier
Que celuy qu'a fait la Vieuuille,
L'autre n'est pas si mal habille
De rendre ce qu'il a conquis,
Pourquoy plustost que le Marquis
Qui iouyst d'vne citadelle :
L'on n'a pas faute de chandelle
Où le iour luict tout clairement :
Nous sommes prest du Iugement,
Car tout se fait à la renuerse :

Et la fortune est si diuerse
Que l'homme n'a rien de certain :
La Miramie se fist putain
Au dommage de Babillonne :
L'on ne mesure pas à l'aulne
Le sacré membre genital :
Rien ne fut iamais si fatal
Que la mort de nostre grand Prince :
Car tel se voir chef de Prouince,
Que pour lors n'osoit y penser :
C'est plaisir de voir aduancer
Des gens qui ne font que de naistre :
A grand' peine me veut cognoistre
Celuy-là qui m'ouroit iadis,
Dieu vueille que le Paradis
N'engendre vn enfer de discorde :
Plusieurs sont exempts de la corde
Qui s'amendent doublement :
Mais quoy vaille le tardement,
Pourueu qu'on tire satisfaire :
Nos gens d'Estat sont en cholere
Contre les faiseurs de Pasquins,
Ils ne passent pas en coquins,
Puis qu'ils prennent à tout vsage :
La fortune fait bon visage
A celuy qui se sert du temps :
Si ces Messieurs les mal contens

S'en reuiennent sans beste vendre,
Ils n'en doiuent rien moins attendre
Que le mespris de ce coyon :
La citadelle de Noyon,
Coussi, Chauuy sont fortes places :
Mais n'estudier qu'en basse chasse,
Ce n'est pas estre bon Latin,
Parquoy ie croy que le destin
Force les volontez humaines :
Puisse auoir les masles sepmaines
Celle qui veut estre en repos :
Mais i'oubliois sur ce propos
Matiere plus grande & plus riche :
Aucuns redoutent que l'Austriche
N'obtiendra pas les fleurs de Lys,
Tant qu'on oyra les vents coulis
Chiffler au reigne des Chimeres :
Pour certain les bonnes commeres
Feront à qui mieux le feray
A la fin on s'en mocquera
Des esprits foibles & debilles,
Qui verroient la vieille Sibille,
Pour apprendre à se gouuerner :
Dieu me veuille pardonner :
Mais sera bien chose nouuelle,
Lors qu'vne teste sans ceruelle,
Non instruit au faict de l'Estat :
C'est estre pire qu'apostat

9

De feindre sa propre croyance
Quand Dieu veut nostre prouidence
Ne sert rien qu'à nous affliger :
Ils ont beau loisir d'aranger
Ceulx de l'Eglise pretenduë :
Mais on leur à bien chere renduë,
C'est à eux à grincer les dents,
Ie ne suis dehors ny dedans,
Et ne sçaurois encor qu'en dire,
Le monde est subject à mesdire,
Trois testes dedans vn chapperon
Sont d'accord au jeu de larron :
Car ce sont choses manifestes :
Ceux du Parlement sont des bestes
D'attaquer le Conseil Priué :
Cela ne peut estre ap prouué
Si tout en fin ne se reuolte :
Il fera bon dancer la volte
Dans la plaine de Montcontour,
Chacun besongne tour à tour
Ce dit l'ancienne deuise :
Mais i'ay tort, non ie me rauise,
C'est meriter punition
Que d'engendrer sedition,
Bien que la paix soit ennuyeuse,
Aussi la fortune enuieuse
Gouuerne tout à son vouloir :

B

Plufieurs s'en pourroient bien douloir:
Car le François plein de courage
Se plaift à émouuoir l'orage,
Et ne peut viure fans rumeur:
Nos Princes font de belle humeur
Au bruit de quelque monopolle
Ils mettent la main fur l'efpaulle,
Mon amy va icy, va là,
Mais point d'argent apres cela:
Payez-vous de leur flatterie,
Par ma foy c'eft coquinerie,
Apres tout pourroit coufter cher:
Car on n'oferoit plus toucher
A ce trefor de la Baftille:
C'eft bien iouer à l'as qui pille
Quand tout l'argent va d'vn cofté:
L'autre n'eft pas trop degoufté
Qui demande Chafteau-trompette,
Lors qu'on la fangle elle pette.
Celle que ie n'ofe nommer:
Ils n'ont pas le moyen d'armer,
Leur courroux n'eft qu'en apparence:
Il eft bien vray que l'efperance
Conduit l'homme iufqu'au tumbeau:
Tumbeau fillantieux, tout beau
Voftre grand corps demy fans ame
Veut auoir vne belle femme,

11

Et gouuerner dedans Paris
La mort aux rats & aux souris
Est de fort dangereuse prise,
Pour Dieu gardons-nous de surprise,
Et le voyage retardez :
Ie ne crains que le sort du dez,
Pourueu qu'vn homme n'y demeure,
Il peut armer en moins d'vne heure
Ce qui n'aduiendra en cent ans :
Qui pourroit tout payer comptans
Ceste brigade mutinée :
C'est trop pour la premiere année,
On n'a pas dequoy y fournir,
Ils pourroient bien trestous reuenir,
Mais qu'vn chascun d'eux se contente :
Certe ce n'est pas mon attente,
Si les Grands ont bon appetit,
Ils feront la part aux petits,
Lequel peut estre pris pour duppe :
Il feroit bon leuer la suppe
A celle qui fait tout cecy,
Elle ne vit pas sans soucy,
Pour voir quelle en sera l'issuë,
Non il me semble que ie suë
Lors que i'entends les innocens
Qui discourent selon leur sens,
Iugent de tout par l'apparence,

La Cour eſt plaine d'ignorance,
Et pourtant les plus beaux eſprits
Y ſont tenus à petit prix,
Si ce n'eſt par ceux de leurs liſtes :
Ces Meſſieurs les Ieſuiſtiques
Sont quelquefois à redouter :
Si ne me puiſie degouſter
D'auoir vne guerre ciuille,
Seure eſt vne bonne ville
Pour vn gouuerneur du païs :
On n'en voit de bien eſbahis
Sus ceſte cité de l'Empire :
On dit qu'vn ieune cœur ſouſpire
Du dueil de ne l'auoir iamais :
Il eſt fin ce vieux Roy de Mets,
Outre la force de Boulongne :
Ainſi l'Eueſque de Coulongne
Autrefois ſe fiſt ſouuerain,
Quand le temps ſeroit plus ſerain,
Il ne faudroit du moings attendre :
A grand peine puis-ie entendre
Ce que veut Monſieur de Sedan :
Celuy qui s'abuſe à ſon dan :
Mais il eſt de vieill' practique,
I'eſtime encore vn heretique
Plus que celuy qui vit ſans foy,
Ie ne ſçay plus en dire quoy :

Si l'on peut l'on fera la game
A ces petits Roys de par Gamo,
Qui pensans estre si rusez :
Par sainct Iean vous, vous abusez :
Et quoy? vous n'auoz point de honte,
De vouloir faire rendre compte
De nos licences du passé,
Il faut que tout soit effacé :
La faute de Bourge & d'Amboise,
Auant qu'on mange la framboise
Ie voy qu'vn s'en repentira,
Peus-estre aussi que nonfera :
Chacun tiendra son personnage :
Si nous faisons mauuais mesnage,
Quel mal à ses esprits legers ,
Nous aymons mieux les estrangers,
Et ne reputons point folie
D'attraire l'Espagne & l'Italie,
Quoy que cela nous soit cuisant :
Cheualier vous estes plaisant
De n'estre grand Prieur de France :
La Lieutenance de Prouence
Ne vous pouuoit pas eschapper,
Falloit-il laisser attraper
Ce morseau à la case vrsine,
Le Royaume a pris medecine,
Il se porte bien Dieu mercy :

Ce n'eſt pas le plus grand ſoucy,
Qui pourtant nous donne l'ame,
L'on craint que l'amoureuſe flame
N'engage encor Guille-bœuf,
I'ayme autant le lard que le bœuf,
De l'vn ou l'autre il ne m'importe:
Mais on deuroit tenir main-forte,
A ce qu'il n'aduint tant de mal,
C'eſt trop chefir vn animal:
C'eſt vne ame peu dangereuſe,
Catherine fut amoureuſe,
Mais du plus braue de ſa court,
Auſſi tout le monde diſcourt
De ceſte liberté de viure,
Les crocheteurs en font vn liure
Des plus beaux vers de Gueridon:
En fin tout eſt à l'abandon,
Si le Dieu n'y met remedie,
Et noſtre pire maladie,
C'eſt qu'eſtant d'argent mal fournis,
Encore ſommes-nous en deuis,
L'vn veut du long, l'autre du large,
Deux ou trois veulent meſme charge,
Les petits veulent gourmander,
Les enfans veulent commander,
I'ay dueil de choſe ſi confuſe:
Si l'Angleterre nous refuſe

Son Roy non encor couronné,
Le Sauoyard mal guerdonné
En fera nouuel entreprife,
Et s'il entte en cefte franchife
La Hollande dort l'œil ouuert,
Si noftre cris eft éft defcouuert
Nous prendrons tout en patience:
Et qui vit de cefte fcience
Ne prendra iamais en horreur :
Ie fçay fort bien que l'Empereur,
Et le grand Turc font mal enfemble,
Et fi toutesfois il me femble
Qu'ils n'ont pas dequoy f'attaquer,
Voyla ce qu'ay peu remarquer
Au Cours de la viciffitude,
C'eft vn affez fafcheux eftude
Que i'ay couché tout à vn tas
Attendant venir les Eftats.